NIVEL
P
Prelector

La escalera de mano de Lucas

School Specialty
Publishing

Derecho del texto © Evans Brothers Ltda. 2005. Derecho de ilustración
© Evans Brothers Ltda. 2005. Primera publicación de Evans Brothers
Limited, 2a Portman Mansions, Chiltern Street, Londres W1U 6NR,
Reino Unido. Se publica esta edición bajo licencia de Zero to Ten
Limited. Reservados todos los derechos. Impreso en China. Gingham
Dog Press publica esta edición en 2005 bajo el sello editorial de School
Specialty Publishing, miembro de la School Specialty Family.

Biblioteca del Congreso. Catalogación de la información sobre la
publicación en poder del editor.

Para cualquier información dirigirse a:
School Specialty Publishing
8720 Orion Place
Columbus, OH 43240-2111

ISBN 0-7696-4206-3

3 4 5 6 7 8 9 10 EVN 10 09 08 07

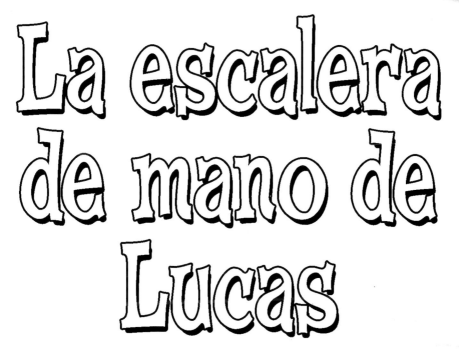

La escalera de mano de Lucas

de Su Swallow

ilustraciones de Barbara Nascimbeni

GINGHAM DOG
P R E S S

Columbus, Ohio

A Lucas le gustaban
las escaleras.

Le gustaban las escaleras
que subían.

Le gustaban las escaleras
que bajaban.

¿Puedo subir tu escalera?

No, eres demasiado pequeño.

11

No, es demasiado alta.

13

¡Demasiado espantosa!

¡Demasiado tambaleante!

18

¡Demasiado ventoso!

¡Demasiado oscuro!

¡Demasiado mojada!

23

¡Demasiado vieja!

Lucas se puso a llorar.

Sígueme Lucas.

¡Aquí tienes una escalera
especial para ti!

Palabras que conozco

subir   ventoso

escalera   oscuro

pequeño   sígueme

alta   mojada

¡Piénsalo!

1. ¿Qué clase de escaleras le gustaban a Lucas?

2. ¿Por qué Lucas no podía encontrar una escalera para subirse?

3. ¿Cómo sabes que Lucas no estaba contento?

4. ¿Cómo ayudó el papá?

El cuento y tú

1. ¿Te han dicho alguna vez que eras demasiado pequeño para hacer algo? ¿Qué querías hacer?

2. ¿Solucionó alguien el problema por ti? ¿De qué manera?